O Jogo de Despir

Coleção Dominação Erótica

Erika Sanders

O Jogo de Despir

Erika Sanders

Série
Coleção Dominação Erótica

Sinopse

A protagonista desta história vai a uma festa com alguns amigos acompanhada de seu namorado Paul.

A festa continua como qualquer outra até que ela descobre que várias pessoas entram pela porta e não saem de novo.

Vencendo a curiosidade, ela entra pela porta e descobre que a sala está cheia de homens e mulheres rindo sem parar e olhando para o centro da sala onde um menino tem uma caixa com alguns cartões ...

O Jogo de Despir é uma história com forte conteúdo BDSM erótico e, por sua vez, também pertencente à coleção Dominação Erótica, uma série de romances com alto conteúdo BDSM romântico e erótico.

(Todos os personagens têm 18 anos ou mais)

Nota sobre a autora:

Erika Sanders é uma conhecida escritora internacional, traduzida para mais de vinte línguas, que assina os seus escritos mais eróticos, longe da sua prosa habitual, com o seu nome de solteira.

Índice:

O JOGO DE DESPIR
ERIKA SANDERS

Paul e eu tínhamos ido a uma festa oferecida por amigos dele.

Ele não conhecia quase ninguém, mas eles pareciam um grupo legal.

Paul se desculpou e começou a conversar com alguns companheiros de equipe que não via desde o final da corrida, então fiquei sozinho.

Eu me servi um pouco de sangria e comecei a beber calmamente, procurando por alguém que eu conhecia.

Todos estavam ocupados conversando com alguém e ele não queria interromper nenhuma conversa.

De repente, vi algumas pessoas deslizando pela porta no fundo da sala.

Em pouco tempo, mais três pessoas entraram também.

Depois, mais um.

Isso foi demais para minha curiosidade, então decidi ver o que estava acontecendo ali.

Abri a porta e vi um grande grupo de pessoas olhando para o centro da sala.

Fiquei na ponta dos pés para ver o que eles estavam olhando e descobri um menino de vinte e poucos anos sentado em uma mesa com uma caixa cheia de cartinhas na mão.

As pessoas riam sem parar e isso despertou minha curiosidade ainda mais.

Decidi pedir a alguém para descobrir.

Eu bati no ombro de uma garota na minha frente.

"Oi, desculpe. O que é tudo isso? Eu perguntei, levantando minha voz acima do riso.

"Estamos jogando" Você ousa? " "Ele respondeu" Você quer jogar?

"Não sei jogar", disse eu.

"Não importa, eu vou explicar para você agora", ele exclamou.Você verá como é fácil. Quando chegar a sua vez, você deve escolher uma carta da caixa que o 'moderador' do jogo carrega, que é o menino da mesa. Há um "desafio" escrito no cartão que você deve enfrentar. Se você decidir não cumprir, deverá pagar uma promessa. Você deve tirar algumas roupas.

" Entendo. É por isso que tem aquele ali sem camisa "falei apontando para um homem que ria. "

"É isso", ela respondeu "É que estamos jogando há um tempo. Além disso, existem outros que já pagaram o penhor. Aquela garota já está de calcinha e eu tive que tirar os sapatos. "

Eu olhei para seus pés e vi que ele estava falando a verdade.

Eu sorri, agradeci a ele e saí da sala.

Procurei Paul para perguntar se ele queria entrar e brincar comigo.

"Não, querida", ele respondeu "Veja se você quiser, estou conversando com alguns amigos da universidade."

Eu entrei sozinho.

Eles me disseram que, para entrar no jogo, eu precisava primeiro avisar o moderador.

Eu fiz isso e quando chegou minha vez, tirei um cartão.

"Com uma venda, beije três membros do sexo oposto e então adivinhe quem é quem."

Eles escolheram três homens e me vendaram.

O primeiro parecia querer atingir minhas amígdalas com a língua.

O segundo usou menos sua língua, mas passou quase um minuto esfregando minha bunda enquanto me beijava.

O terceiro também usou muito a língua e não só esfregou minha bunda, mas também acariciou meus seios.

Eu os deixei fazer isso porque se eu tivesse impedido qualquer um deles, eles teriam me eliminado.

Tirei a venda e acertei os três, um para a barba e os outros dois para a altura.

Quando chegou a minha vez de novo, já havia uma mulher de sutiã e calcinha e um homem de cueca.

Peguei um novo cartão.

"Você terá que mostrar sua cueca para quem pode combinar sua cor. Três pessoas podem testar."

Que má sorte! Ela estava usando uma cinta-liga e calcinha preta combinando.

Certamente alguém pensaria em dizer essa cor.

Mas o pior é que a calcinha era transparente e dava para ver tudo através dela.

Por que eu não teria usado a calcinha marrom?

Eles escolheram três outros homens.

O primeiro disse que não estava usando nada.

Eu ri e disse a ele que ele havia falhado.

O segundo disse que era preto.

Bingo! Você acertou!

Eu disse a ele para se virar e levantar meu vestido para que apenas ele pudesse vê-la.

Ao me ver, ele assobiou agradecido.

O moderador do jogo disse que desde que eu havia perdido tive que tirar uma peça de roupa.

Com um gesto sensual coloquei as mãos sob a saia, baixei a calcinha e pendurei no cabide com o resto da roupa que as outras já haviam tirado.

No turno seguinte, dois homens perderam as calças e uma mulher o sutiã, e duas pessoas deixaram o jogo com apenas dez restantes.

A mulher de topless lembrou ao grupo que eu não tinha feito o mesmo número de testes que o resto das pessoas e sugeriu que eu tivesse dois testes extras para me colocar no mesmo nível que os outros.

As pessoas ignoraram meus protestos e votaram rapidamente para me dar dois testes extras seguidos.

Peguei o primeiro cartão.

"Tire o sutiã sem abrir os botões do vestido ou da blusa."

Quando meu sutiã abriu na frente, eu o abri sem nenhum problema e passei um lado sob cada um dos meus braços.

Enquanto isso, todos estavam olhando para mim e ouvi algumas pessoas comentarem que tudo era transparente para mim.

O moderador disse que uma das regras do jogo proibia o uso de qualquer vestimenta novamente.

Peguei um novo cartão.

"Escolha três pessoas do mesmo sexo com o jogo de palha. Beijo francês aquele que dura pelo menos um minuto."

Eu quebrei três fósforos, misturei com alguns outros e os distribuí para que cada mulher pudesse escolher um.

Quem acertasse um dos três fósforos quebrados receberia um prêmio.

Joanna, uma garota ruiva na casa dos vinte anos, um corpo com curvas perfeitas e um pouco mais baixa do que eu, foi a primeira a puxar uma delas.

Ele riu e disse que sempre tinha sido bom naquele jogo.

Ele me fez sentar de joelhos e o moderador me lembrou que se eu interrompesse o beijo perderia o desafio.

Joanna começou a me beijar com muita determinação e, sabendo que eu não tinha nada por baixo da roupa, primeiro acariciou meus seios e depois deslizou a mão por baixo da saia, deixando-a logo acima do púbis, brincando com meu clitóris.

Eu suportei o beijo, mas não pude continuar sentada com aquelas mãos experientes no meu clitóris.

Habilmente, ele me fez chegar ao orgasmo, enquanto eu me contorcia de joelhos.

Quando interrompi o beijo, o grupo bateu palmas e vi que se passaram seis minutos.

Joanna ainda manteve a mão na minha boceta latejante por um momento e então me levantei.

No entanto, ele não parou de pressioná-lo até que dei alguns passos para longe.

Minha respiração estava acelerada e comecei a esperar minha vez de voltar.

Um homem perdeu sua cueca boxer revelando um pau grosso e duro.

Uma segunda mulher perdeu o sutiã.

A mulher que não tinha mais sutiã perdeu a saia, sem deixar nada.

Eu me perguntei o que aconteceria se eles perdessem novamente.

Paul escolheu esse momento para entrar na sala.

O moderador perguntou se ele queria ficar.

Ele deu uma olhada nos seios das duas mulheres e não hesitou em dizer que sim.

Disseram-lhe que teria de aceitar cinco desafios se quisesse ficar.

Ele puxou seu primeiro cartão.

"Com uma venda, beije três membros do sexo oposto e então adivinhe quem é quem."

Eu era a segunda e Joanna a terceira.

Esfreguei Paul como a primeira mulher tinha feito, esfregando seu pau através de suas calças.

Joanna fez melhor, puxando para baixo a braguilha e enfiando a mão dentro.

Paul não me bateu (ele pensou que eu era o número um).

Ele perdeu quatro das cinco peças de roupa por ficar ali de cueca, com uma tremenda ereção lutando para se libertar.

O moderador anunciou que as coisas já haviam ido longe o suficiente e que era hora de tirar as cartas mais fortes.

Eu peguei o primeiro.

Eles me vendaram e colocaram três galos em minhas mãos.

Ele tinha que adivinhar a quem cada um pertencia.

Incrivelmente, fui incapaz de distinguir o de Paul dos outros.

Com todas as pessoas na sala assistindo, tirei minha blusa.

A mulher que já estava nua da rodada anterior perdeu o desafio e todos os homens puxaram um canudo.

O moderador disse à mulher que ela teria que sentar no pau de quem tirou o canudo mais curto por pelo menos cinco minutos.

Eu a observei sentar em cima do vencedor enquanto ele cuidadosamente enfiava seu pau em seu buraco gotejante, me perguntando se minha punição seria a mesma se eu ficasse nua.

O moderador começou a contar o tempo.

Ela tentou se comportar como nada, como se ao não se mexer fosse nos convencer de que não estava sendo fodida ali no meio de todos, mas os movimentos lentos com que o homem a penetrava faziam, depois de cerca de três minutos, começar a reagir.

Estava começando a entrar no assunto quando o moderador disse que o tempo havia acabado e a fez se levantar, ao que ela se recusou, agarrando-se com força ao dono do pau que tanto lhe dava prazer.

Todos rimos daquela reação divertida, enquanto Joanna e o moderador tentavam tirar aquele membro ereto de sua boceta faminta.

Eles mal conseguiram.

O próximo fui eu.

"Olhe para os seios de três mulheres e depois, com os olhos vendados, identifique-os tocando-os apenas com a língua."

Joanna rapidamente se ofereceu como voluntária, assim como outras duas mulheres.

Olhei para seus seios, medindo seu tamanho e características, e então eles me vendaram.

Minha língua se revezava explorando cada um dos seios.

Ocorreu-me que se eu os lambesse avidamente, eles acabariam emitindo algum som de prazer que me ajudaria a saber quem era cada um.

A segunda ficou em silêncio até que meus dentes roçaram seu mamilo e ela não pôde evitar um gemido de prazer.

O terceiro gemeu na primeira lambida.

Eu disse que Joanna era a primeira, e então quem ela achava que as outras duas eram.

Eu acertei

Já acreditava que o desafio tinha passado quando o moderador disse que ele tinha que cumprir um castigo.

Ele percebeu que havia usado os dentes em um deles.

Ele me disse para tirar minha saia.

Ele ia dizer para continuar me despindo, mas parou quando viu minha quente cinta-liga vermelha e preta.

Ele me disse que eu poderia continuar de saia, mas que a partir de agora teria que cumprir as mesmas penalidades que os jogadores que já estavam nus.

Ele enfiou a mão na caixa de punição e tirou um cartão.

Ele não me mostrou, mas pediu que as três mulheres restantes lessem.

Eles se aproximaram de mim, me circundaram lentamente e me carregaram para a cama.

Joanna sentou-se nela e as outras duas me colocaram de joelhos.

A mulher cujo mamilo foi mordido posicionou-se perto da minha cabeça para que meu rosto descansasse em sua boceta.

Ele segurou meus braços para que eu não pudesse me mover.

O outro segurou minhas pernas e começou a brincar com minha buceta.

"Você viu como ela está molhada, Joanna? "Eu o ouvi dizer.

Enquanto isso, ele começou a tocar meu clitóris com um dedo e explorar meu interior com outro ao mesmo tempo.

Involuntariamente, meus quadris começaram a se contorcer nos joelhos de Joanna.

De repente, isso me atingiu com força.

Não reclamei, pois temia perder o castigo.

Isso me atingiu mais algumas vezes e finalmente parou.

"Quantos houve? "me pergunto.

"Não sei" respondi assustada.

"Então vamos começar de novo", disse ele.

Joanna continuou me chicoteando forte enquanto minha buceta era explorada pela outra garota.

Desta vez, olhei para contar as palmadas.

Quando ele tinha vinte anos, ele parou e olhou para a mulher segurando meus braços.

"Ele já começou a lamber você? "te pergunto.

" Não respondo.

"Vamos começar de novo", exclamou Joanna.

Rapidamente enterrei meu rosto naquela bucetinha que pertencia a uma mulher que, como você já deve ter percebido, nem sabia o nome dela.

Joanna continuou me batendo cada vez mais forte.

Por fim, ele parou.

Eu tinha contado 23 chicotadas desta vez, embora eu receasse ter perdido algumas.

"Quantos são? Ele me perguntou novamente.

"Vinte e cinco" eu disse para ter certeza.

"Não, você terá que fazer melhor" disse Joanna "Vamos começar de novo.

O resto do povo aplaudia e festejava incessantemente, mas não eu, mas meus torturadores.

Eu também ouvi Paul parabenizar Joanna pelo show que ela estava me fazendo apresentar.

Durante todo esse tempo, as mãos que brincavam com minha boceta não diminuíram nem um pouco.

Eu já tinha perdido a conta dos meus orgasmos (houve pelo menos cinco), e a julgar pelo número de vezes que a mulher que eu estava comendo sua boceta agarrou minha cabeça, ela teve pelo menos três.

Joanna parou os golpes mais uma vez.

"Quantos são? "me pergunto.

"Vinte e cinco" eu disse novamente, me preparando para uma nova surra.

"Certo" ele disse sem mais delongas.

Então, dirigindo-se à mulher em minha cabeça, ele perguntou:

"Virgínia, isso a satisfez?

"No momento sim" Eu ouvi sua resposta "A menos que ela cresça um pau ..."

"E você, Julia? Ele perguntou a quem estava explorando minha boceta.

"Sim" ele respondeu com a respiração pesada "Para mim, tudo bem."

Comecei a me levantar, mas Joanna me impediu e me fez deitar.

"Eles podem ser feitos, mas eu não" me disse "Agora você deve contar os próximos dez golpes para que todos nesta sala possam ouvi-lo. Então você vai me beijar, as bucetas de Virginia e Julia como uma forma de agradecer a você por quanto você se divertiu conosco. "

Eu aceitei.

Ele levou mais de um minuto para me bater dez vezes.

Então beijei a buceta de Virgínia sem nem me levantar e agradeci.

Levantei-me e beijei a bucetinha da Julia e agradeci também, deixando a Joanna para o fim.

A comida de buceta que dediquei a ela durou cerca de três minutos, até que finalmente a senti gozar.

Então eu também agradeci a ele.

Enquanto ele fazia isso, percebi que ele quis dizer o que estava dizendo.

A experiência foi muito gratificante.

Agora era a vez de Paul ...

Paul escolheu um cartão de desafio e eu poderia dizer pela expressão em seu rosto que ele não tinha obtido o que esperava.

"Usando apenas a boca e com os olhos vendados, identifique os pênis de três homens."

"Não vou fazer isso", disse ele, virando-se para mim.

"Espere um minuto" eu respondi um pouco irritado "Você se divertiu muito vendo como eu estava andando com três mulheres e agora você não quer fazer isso. Eu acho que você está sendo injusto. "

"Mas, é isso ..." ele começou a dizer "É que eles são ... idiotas !!"

"Vamos" eu disse, vendo que já o estava convencendo "Nada vai acontecer com você se você fizer isso, não vai te fazer mal. Além disso, pense na punição que o moderador vai lhe dar se você recusar. "

Não tenho certeza de qual dos meus argumentos finalmente conseguiu convencê-lo, a questão é que, depois de pensar por mais um momento, ele anunciou que ia tentar.

Eu olhei atentamente para os três galos expostos diante de Paul.

Ele estava com os olhos vendados e tremia da cabeça aos pés.

Tentei animá-lo, dizendo-lhe que isso estava me excitando tremendamente, o que era totalmente verdade.

Por fim, ele se decidiu e começou a enfrentar o desafio.

No final não foi tão ruim, acabou em menos de um minuto e acertou apenas um.

O moderador me pediu para ajudá-lo a escolher a punição.

Com os olhos ainda vendados, eles o fizeram sentar na beira da cama.

As mulheres ainda na sala se despiram.

A partir daquele momento, as roupas não serviriam mais de punição.

Cada um deles sentou em seu pau duro por exatamente um minuto.

Eu era o quarto e Paul me reconheceu pelas meias que eu ainda estava usando ou talvez outra coisa.

Ele me implorou para ficar mais um pouco, o tempo suficiente para gozar.

Eu dei a ele um beijo que desentupiu sua garganta e sentei nele por mais alguns momentos enquanto seus quadris me empurravam uma e outra vez, tentando atingir o orgasmo rapidamente.

Eu não permiti.

No final do dia foi um castigo, então me levantei deixando-o no meio do caminho.

Joanna foi a última a inserir seu pênis.

Ela o excitou impiedosamente e também o deixou antes que ele viesse.

"Se precisar que eu escolha outro castigo, não hesite em me consultar", ofereci ao moderador, enquanto Paul se levantava e tirava a venda, exausto.

"Não se preocupe" ele sorriu para mim "A partir de agora vamos escolher entre os dois."

Eu vi Joanna pegar a próxima carta.

Ele leu para si mesmo e parecia divertido.

Pedimos a ele para ler em voz alta e ele o fez.

"Escolha três homens e toque em seus pênis. Então, com os olhos vendados, sente-se neles e identifique seus donos."

Ela caminhou pela sala e escolheu dois homens, estranhamente, aqueles com os pênis maiores.

Quando ela alcançou Paul, ela parou na frente dele e gentilmente pegou seu pênis.

Paul deu um passo à frente, feliz porque agora teria a chance de terminar o que não havíamos deixado antes.

Mas Joanna a soltou, sorrindo cruelmente.

"Por enquanto você já teve o suficiente", disse ele "Se você for bom, talvez eu o escolha para outro jogo."

E ela se afastou dele, deixando-o com um pau duro e uma carranca desapontada no rosto.

Eu não pude deixar de sorrir.

Isso o serviu bem.

Joanna escolheu o terceiro e o trouxe junto com os outros dois.

Ela tocou cada um dos pênis até que eles estivessem duros e quando ela terminou, ela estava com os olhos vendados.

Então ele se empalou em cada um deles, sem dar a nenhum dos três a chance de gozar.

Ela gozou com força no terceiro pau.

Incompreensivelmente, nenhum deles estava certo.

Todos percebemos que falhei de propósito, até o moderador que me chamou para deliberar.

Por fim, encontramos um castigo de acordo com a personalidade de Joanna, embora no fundo todos soubéssemos que mais do que um castigo, era um presente para ela.

Amarramos Joanna à cama de bruços, de modo que sua cintura ficasse dobrada na beirada, deixando-a de joelhos com o traseiro exposto a todos nós.

A punição consistiria em cada homem fodê-la por trás por exatamente um minuto.

Eu estaria ao lado dela para apresentar cada um dos galos a ela.

O moderador levaria tempo.

Um gesto seu seria o sinal de que o tempo havia acabado e que deveriam remover seu pênis.

Se eles recusassem, eu seria o encarregado de retirá-lo à força (levando-os pelos ovos se necessário).

Aproximei-me de Paul e disse algo em seu ouvido.

Então eu tomei meu lugar.

Agarrei o primeiro dos seis galos que iriam entrar no buraco de Joanna com as duas mãos.

"A ponta está um pouco seca" menti, pois tudo isso estava me deixando com mais tesão "Acho que vou ter que umedecer com a língua."

Fiz isso, recriando mais do que o necessário, o que me rendeu uma reprimenda do moderador.

Então, eu o apresentei habilmente.

Assim que Joanna começou a se mover no ritmo do parceiro, o moderador me deu o sinal para parar.

Eu agarrei seu pau suavemente e puxei-o para fora rapidamente.

Umedeci também o segundo com a minha boca quente, pois, como disse, era 'necessário.'

Quando eu coloquei, seu pau começou a se mover para dentro e para fora na velocidade da luz.

Apesar disso, eu a puxei para fora antes que ela pudesse alcançar qualquer satisfação.

A terceira e a quarta passaram da mesma maneira.

O moderador foi o quinto.

Eu olhei para seu pau e balancei minha cabeça lentamente.

"Acho que vou ter que molhar esse pau também", disse maliciosamente.

Coloquei na boca e comecei a lamber e chupar como se não houvesse mais ninguém na sala.

Dediquei mais tempo a ele do que a qualquer outro.

Por fim, ele me parou com a mão.

"Eu acho que já é o suficiente", disse ele, ofegando de entusiasmo.

"Tem certeza que quer que eu pare? Eu perguntei sensualmente.

"Por enquanto sim" ele me disse "Mais tarde, posso deixá-lo continuar.

O moderador demorou exatamente um minuto e foi o que mais se aproximou de gozar, por causa da empolgação que comer meu pau havia causado nele.

Paul foi o último.

Joanna empurrou os quadris com força contra os dois últimos pênis, tentando chegar ao orgasmo, mas sem sucesso.

Decidi que a faria sofrer um pouco mais antes do último ataque.

Eu lentamente separei os lábios de sua buceta com a desculpa de que desta forma o pau entraria mais facilmente.

Isso fez Joanna estremecer de prazer.

Então meu dedo deslizou por todo seu clitóris, excitando-a ainda mais.

Achei que já era o bastante e deixei Paul se aproximar.

Ele a empurrou, já que a boceta de Joanna estava mais do que lubrificada.

Ele começou a dar estocadas poderosas como os outros tinham feito, mas depois do quarto, eu tirei dele e o fiz enfiar na bunda.

No final do minuto de rigor, o moderador me deu o sinal para retirá-lo.

Joanna empurrou para trás com os quadris para tentar manter o membro inchado no lugar, mas não teve sucesso.

O moderador olhou para mim.

"Agora vamos votar para decidir a punição que vamos impor a você", disse-me ele, falando em voz alta para que o mundo inteiro pudesse ouvi-lo.

" Punição? A mim? Mas porque? Eu disse incrédulo.

"Por ter mudado as regras do jogo anterior" ele respondeu "Os pênis só podiam entrar na buceta e não no cuzinho. Além disso, você não podia comer todos os galos sem minha permissão ".

Ninguém votou contra.

Enquanto isso, observei Joanna rolar de costas, a mão flutuando lentamente para o clitóris faminto.

O povo havia tomado uma decisão.

"Vamos vendá-lo e depois todos faremos o que quisermos sem que você saiba quem fez o quê" exclamou o moderador, sorrindo.

De repente, alguém colocou uma venda nos meus olhos e várias mãos me empurraram para a cama.

Um segundo depois, um pau entrou na minha boca e comecei a chupá-lo avidamente.

Um segundo pau cavou em minha boceta pingando, mas depois de quatro estocadas, ele saiu.

Então, eu senti como se alguém separasse minhas nádegas e imediatamente depois, outro pau (ou talvez o mesmo) entrou na minha bunda com um único empurrão.

Eu queria gritar, mas o pau que havia enterrado em minha boca me parou.

Eles lentamente me colocaram de lado, para que nenhum dos pênis que estavam me fodendo nem as duas bocas que estavam começando a chupar meus seios se afastassem de seus alvos.

Reparei que pelo menos um deles era de mulher, porque a pele do rosto era muito macia, sem vestígios de barba.

Várias pessoas se aglomeraram ao redor do meu sexo e tentaram me penetrar.

Depois de uma leve luta, um deles conseguiu.

Tal foi a luta que se formou entre as pessoas entre as minhas pernas, que eu senti como se várias pessoas estivessem me fodendo ao mesmo tempo.

Foi como se todas as pessoas tivessem ficado em cima de mim.

O pau na minha boca entrava e saía dela implacavelmente, enquanto o pau na minha buceta continuava bombeando, mas com alguma dificuldade.

O que estava na minha bunda ainda me penetrou, mas parecia que a maior parte do estímulo de seu dono veio de meus esforços para conter as investidas de todos os outros.

Aparentemente, as duas pessoas que estavam chupando meus seios decidiram me excitar e me estimular o máximo que eu pudesse aguentar.

A verdade é que eu estava feliz por estar com os olhos vendados, para que pudesse me concentrar totalmente no que eles estavam fazendo comigo.

Ver o que estava acontecendo só serviria como uma distração.

Uma das meninas pegou minha mão, colocou em sua buceta e começou a se esfregar com meus dedos, usando-os para se masturbar.

Ela estava tão confusa com tudo que não conseguia reagir.

Era como se eu tivesse me tornado um objeto, como se tivesse sido privado de minha vontade.

O pau na minha boca começou a latejar.

Segundos depois, um jato de leite subiu pela minha garganta.

Tentei engolir tudo, mas um pouco caiu pela minha bochecha.

Antes que eu pudesse me recuperar, eles colocaram uma xoxota no lugar, que comecei a lamber sem demora.

Aparentemente, os dois que estavam fodendo minha boceta e minha bunda encontraram um ritmo comum.

Com suas estocadas, eles me fizeram gozar.

Eu estava no meio do meu segundo orgasmo, quando ouvi um grito e o homem que dirigia minha boceta gozou.

Então, quando ele se retirou lentamente, senti seu esperma começar a fluir lentamente para fora do meu buraco.

Seu parceiro, totalmente dedicado à minha bunda, continuou bombeando ainda mais forte.

Um rosto apareceu na minha buceta e começou a lambê-lo apaixonadamente.

A sensação de ser fodido na bunda enquanto outra pessoa estava comendo minha boceta era nova para mim.

Comecei a gozar novamente.

Alguém começou a puxar meu cabelo.

Apesar da dificuldade, tentei seguir obedecendo às exigências da bucetinha que estava no meu rosto.

Um novo pau apareceu na minha mão e comecei a mexer para cima e para baixo.

Uma das bocas que estava em meus mamilos desapareceu, tomando seu lugar um par de mãos fortes que começaram a esfregar meus seios, amassando-os como se fossem massa de pão.

"Acho que essa garota quer apanhar algumas vezes", disse uma voz à minha direita que não consegui descobrir de quem era.

A boceta que eu estava chupando pressionou ainda mais perto do meu rosto.

Eu lambi o melhor que pude.

Suas coxas esmagaram minha cabeça quando alcancei o orgasmo.

Rapidamente, um novo pau o substituiu e abriu caminho em minha boca.

Imaginei uma fila de pessoas fazendo fila em cada uma das minhas atrações, esperando sua vez.

Percebi que havia perdido toda a conexão entre aqueles órgãos sexuais e as pessoas a quem eles estavam ligados.

A venda havia tirado tudo, exceto minha capacidade de sentir o que estava acontecendo.

Tive de admitir que, desde o momento em que entrei naquela sala, estava secretamente esperando que algo assim pudesse acontecer.

A verdade é que, desde que Joanna despertou meu clitóris pela primeira vez com os dedos, ela estava em um estado de excitação constante.

Aparentemente, o homem que estava me fodendo finalmente havia chegado a um ponto sem volta.

Ele agarrou meus quadris e assumiu o comando de meus movimentos.

Segundos depois, eu senti como grandes jatos de sêmen foram lançados de seu pau em minhas entranhas.

Então ele se deitou ao meu lado e eu senti seu pau amolecer, saindo lentamente da minha bunda.

Imediatamente depois, ele se foi, deixando meu traseiro livre.

A boca do meu peito direito foi substituída por outra mão forte. Agora meus seios estavam sendo massageados como um time.

De repente, uma das mãos desapareceu.

Segundos depois, percebi algo em meu peito, no vale formado por meus dois seios.

Era uma mão, uma mão manchada com algum tipo de lubrificante.

Ele examinou meus seios uma e outra vez, manchando-os com aquele líquido viscoso.

Alguém subiu na minha barriga, subiu pelo meu corpo e colocou um pau duro entre meus seios lubrificados.

Suas mãos se juntaram aos meus seios, transformando-os em uma boceta pronta para ser fodida.

Os quadris do homem começaram a se mover para frente e para trás em um ritmo insano.

O pau na minha boca desapareceu sem disparar sua carga na minha garganta e o pau na minha mão foi substituído por uma boceta ardente.

Alguém me beijou na boca, acho que uma mulher, deslizando a língua pela minha garganta.

Eu podia sentir o sêmen pingando de minha bunda e minha boceta.

O pau que estava fodendo meus seios aumentou sua velocidade.

Alguém levantou minhas pernas, expondo minha boceta.

Eles me chicotearam dez vezes com força na bunda, enquanto uma mão ocupava minha buceta, me masturbando.

O pau no meu peito começou a cuspir sêmen com força.

Acertou meu rosto e caiu pingando dela.

Ele também deve ter alcançado a mulher que estava me beijando, mas isso não o impediu de enfiar a língua em mim por um único segundo.

O membro já flácido se afastou dos meus seios.

A boca do beijo se afastou também, assim como o dedo do meu clitóris.

Por um momento, apenas fiquei deitada ali, exausta.

Mais ou menos um minuto depois, a venda foi removida.

Eles me deram uma toalha e eu gentilmente me limpei enquanto observava o grupo reunido.

Entre eles estava Paul, meu namorado, que também havia participado.

Percebi que não o havia reconhecido entre todas aquelas pessoas que me davam prazer ininterrupto.

"Agora vai agradecer a cada um de nós por ter proporcionado um momento tão agradável" disse-me o moderador "Mas o fará de uma forma muito especial".

Alguns momentos depois, ele estava beijando cada uma das bucetas das mulheres.

Em seguida, coloquei cada um dos pênis dos homens na minha boca, agradecendo a cada um deles.

Só então a porta se abriu.

" Onde está todo mundo? "Disse o recém-chegado" Droga, acho que estou no quarto errado! "

FIM

AUMENTO DE SALÁRIO
ERIKA SANDERS

Anita bateu na porta como se não quisesse arrombá-la.

Isso não fazia sentido, já que ela era a única pessoa que restava na loja de donuts.

Ela e a pessoa do outro lado da porta, é isso.

"Vá em frente", a voz dessa pessoa soou.

Anita abriu a porta e entrou, fechando-a atrás dela.

O clique da fechadura quando ele a apertou com a maçaneta da porta parecia ensurdecedor no escritório silencioso.

Eric Galvez ergueu os olhos da papelada em cima da mesa.

Ele olhou para Anita, uma morena mexicana bonita que usava o uniforme escolar da loja, uma camisa branca abotoada e uma saia xadrez curta, segurando uma sacola de donuts.

Ela tinha um corpo impecável e cabelos castanhos grossos e em camadas que caíam abaixo dos ombros.

"Olá Anita", disse Eric.

O gerente da loja, casado, com dois filhos e na casa dos quarenta, largou a caneta e sorriu.

"Olá. Desculpe se interrompi alguma coisa", disse ela timidamente.

"Claro que não", Eric assegurou. "Sente-se".

O pequeno escritório do gerente consistia em um sofá, duas cadeiras, uma mesa e armários.

Eric viu Anita caminhar em sua direção, sua saia balançando de um lado para o outro.

Ela se sentou na cadeira em frente à mesa de Eric, cruzou as pernas longas e deixou a saia alcançar as coxas.

Ele colocou a bolsa no chão ao lado dela.

"O que está acontecendo?", Perguntou o gerente.

Anita hesitou, respirou fundo e lentamente passou os dedos de uma mão sobre a parte superior da perna, da parte inferior da saia até o joelho.

"Estou pensando em mudar do quarto alugado para o apartamento", disse ele.

Ela era uma aluna do terceiro ano de uma universidade local, trabalhando em vários empregos em locais cujas horas não interferiam em suas aulas.

"Ótimo", Eric disse entusiasmado, depois parou. "E você precisa de mais dinheiro? Um aumento?"

Anita olhou timidamente para ele, antes que um olhar mais sério aparecesse em seu rosto.

"Não acredito no quanto eles pedem para alugar. E o adiantamento é ... ", ele começou a dizer.

"Eu sei", Eric interrompeu.

Ele olhou para ela por um momento.

Ela trabalhava para ele há quase um ano, pedindo um aumento outra vez.

Nesse caso, ela havia usado seu corpo para "influenciar" sua decisão.

Na verdade, ele queria outro pedido dela desde então.

Eric olhou para a sacola de rosca ao lado dele.

"Você leva alguns donuts para casa?" Ele perguntou.

Os olhos de Anita caíram na bolsa e retornaram ao seu chefe.

"Não. É para você ... para nós", respondeu ela.

Eric não precisava mais de explicações adicionais.

Ele também trouxe uma sacola da última vez.

E desta vez ele sabia o que fazer.

Ele se levantou e deu a volta na mesa, passando por trás da cadeira de Anita.

Ela observou seu corpo atlético até que ele desapareceu atrás dela.

Um calafrio percorreu sua espinha em antecipação.

"Então, você me trouxe uma rosquinha", Eric disse suavemente. "E você gostaria de compartilhar."

Anita assentiu em silêncio.

Eric olhou para a jovem mulher, a camisa desabotoada na parte superior e as pernas bronzeadas, estendendo-se sob a saia larga.

Suas mãos agarraram nervosamente as pontas dos braços na cadeira.

Eric colocou a mão no cabelo da garota e passou os dedos pelo pescoço dela.

Ele sentiu a pele quente sob a gola da camisa, depois moveu a mão para a frente do pescoço antes de se aproximar do botão superior.

Em um movimento ágil, ele desabotoou o botão; seguido pelo próximo.

A parte superior de seus seios apareceu, envolto em um fino sutiã azul.

Os dedos dele deslizaram sobre a pele macia de seu seio esquerdo, depois voltaram para o próximo botão.

Usando as duas mãos, envolvendo o pescoço em volta dele, ela abriu cada botão até chegar ao topo da saia.

Eric tirou a camisa da saia e abriu o último botão.

A camisa de Anita se abriu o suficiente para Eric ver a maioria de cada seio de cima.

Ele os observou subir e descer enquanto ela respirava pesadamente.

Un gancho central entre sus senos mantenía su sostén unido.

Não foi por acaso, Eric pensou consigo mesmo.

Ele se abaixou e desabotoou o sutiã, deixando as duas metades descansarem livremente nas extremidades de seus seios.

Anita ficou imóvel, olhando para as mãos de Eric ou pela frente.

Ela sabia que as coisas estavam prestes a mudar rapidamente.

Eric colocou as mãos em cima dos seios dela e os deixou cair até os dedos dele removerem o sutiã.

Ela segurou os seios marrons nus em suas mãos, segurando-os gentilmente por um momento.

Finalmente, ele colocou os mamilos de Anita entre os polegares e os indicadores e os beliscou delicadamente.

A jovem suspirou audivelmente.

Eric sentiu seu pau endurecer dentro dos limites de suas calças enquanto ele manipulava seus mamilos.

Eles endureceram sob o toque dele e Anita sentiu um ponto animado percorrer seu estômago até sua boceta.

Eric colocou as mãos em volta dos seios dela, mas mal conseguiu segurá-los.

Ele os pegou e os viu se acomodar em suas mãos.

Ela circulou a cadeira e ficou entre a mesa e Anita, olhando-a brevemente.

"Levante-se e tire sua camisa", disse ele em uma voz calma.

Anita descruzou as pernas e ficou a alguns centímetros de seu chefe.

Ele levantou a camisa sobre os ombros e a deixou cair na cadeira.

Sem parar, ela fez o mesmo com o sutiã.

Eric colocou as mãos na parte externa das coxas de Anita e ergueu as mãos até que desaparecessem sob sua saia.

Anita sentiu as mãos subirem por fora da calcinha e por baixo da bunda.

Então Eric moveu as mãos para a cintura dela e agarrou a tira de sua calcinha.

Lentamente, ele os abaixou, ajoelhando-se enquanto passavam por cima de seus joelhos e de pé.

Ele colocou a calcinha preta na cadeira e tirou os sapatos dela.

Depois de se levantar, ela olhou para a saia e disse: "Tire."

Anita desabotoou a saia e a deixou cair no chão, saindo e chutando-a para o lado.

Eric admirava sua cintura pequena, quadris e coxas,

pernas longas e pés pequenos.

Seus olhos voltaram para sua vagina e a pequena e fina mecha de cabelo escuro em seu clitóris.

Anita sentiu-se extraordinariamente sexy naquele momento, a umidade entre as pernas aumentando por segundos.

Ela queria o homem na sua frente nu e sabia que era inevitável.

"Tire minha roupa", ele disse a ela.

Ele teve que desacelerar deliberadamente seus movimentos para não revelar seu desejo.

No entanto, Anita logo colocou a camisa de Eric sobre a cabeça, revelando uma parte superior do corpo bem construída, se não muito musculosa.

Ela olhou para baixo e desafivelou o cinto, os olhos de Eric alternando entre seus seios e mãos.

Ela desabotoou as calças e as puxou para baixo até que caíssem sozinhas em suas panturrilhas.

Anita se ajoelhou e tirou os sapatos e as meias antes de tirar as calças e jogá-las de lado.

Ele aguardava ansiosamente a protuberância crescente em sua cueca, depois agarrou a cintura e puxou-a para baixo.

O pênis enorme de Eric era apenas semi-ereto, mas Anita sentiu uma onda de emoção fluir sobre ela quando tirou a boxer.

Ela se levantou e encarou o chefe.

Para alívio de Anita, ele fez o primeiro movimento, abraçando-a e puxando-a em sua direção.

Ele a beijou apaixonadamente, pressionando seu pênis contra o corpo dela e movendo as mãos para o traseiro dela.

Eric apertou suas bochechas macias quando as línguas deles encontraram seus lábios.

Anita sentiu que ele pressionava sua vagina contra seu corpo, sem saber se ela estava mais determinada a satisfazer a si mesma ou a Eric.

Seu beijo continuou enquanto ela passava a mão em torno de seu pênis, sentindo-o palpitar.

O pênis começou a apontar para cima e a garota repetidamente bombeava a mão para cima e para baixo do membro.

Quando o beijo terminou, Eric olhou para Anita e disse: "Minha esposa não faz isso comigo. Você é ótimo."

"Obrigado, estou feliz que você tenha gostado", ele sorriu.

"Estou com fome", disse Eric.

"Eu também".

Eles foram para o sofá.

Eric pegou a sacola de rosquinhas no caminho.

Ele encontrou tempo para assistir a pequena bunda redonda de Anita balançar com seus passos antes de se deitar no sofá, a cabeça em um pequeno travesseiro em uma extremidade.

Eric enfiou a mão na sacola e pegou um donut e uma pequena faca de plástico.

"Ah, recheios de creme de baunilha. Meus favoritos - ele disse. "Você gostaria de compartilhar?"

"Eu adoraria", respondeu Anita.

Eric se ajoelhou e colocou o donut coberto de chocolate no estômago liso da garota, cortando-o cuidadosamente ao meio com a faca.

Um calafrio percorreu o corpo de Anita quando a faca mal tocou sua pele.

Eric observou-o contrair quando a lâmina da faca reapareceu de dentro da rosquinha grossa, depois colocou a faca e metade da rosquinha em cima da sacola no chão.

Ele tirou a rosquinha da barriga dela e virou o centro cheio de creme para ela.

Metodologicamente, ele a abaixou até que o mamilo no peito direito estivesse diretamente sob o creme.

Com um golpe longo e suave, ela trouxe uma camada de creme de baunilha sobre o final do peito.

Anita fechou os olhos quando o estofamento frio cobriu o mamilo e a pele ao redor, enviando ondulações pelo corpo para o estômago e a vagina.

Eric moveu a rosquinha levemente para o lado e repetiu o processo, adicionando uma segunda fita de creme adjacente à primeira.

Finalmente, ela virou a rosquinha e esfregou a cobertura de chocolate na ponta do mamilo duro.

Eric colocou o donut na bolsa e olhou para Anita.

Ela estava assistindo atentamente, antecipando seu próximo passo e silenciosamente implorando para que ele a devorasse.

Eric balançou a cabeça sobre o peito dela e passou a língua sobre o mamilo, saboreando o chocolate doce.

Anita quase gemeu alto, mas se conteve e observou a língua de seu chefe se alongar para incluir uma polegada acima e abaixo do mamilo.

Ela engoliu uma vez antes de retornar ao seio, desta vez abrindo a boca e colocando o máximo de peito redondo e cheio da garota possível.

Sua língua coçou o mamilo várias vezes antes de seus lábios fecharem em torno da carne rosa e chuparem.

Dessa vez, Anita não conseguiu se conter.

"Oh, Deus", ele sussurrou.

Eric levantou a cabeça e lambeu o creme dos lábios.

Quando a boca dele pousou mais uma vez no peito de Anita, a mão dele estava pressionando o peito dela e ele lambeu com fome o resto do creme de baunilha da pele dela.

Sempre voltava para o mamilo.

Anita arqueou as costas, empurrando o peito mais alto.

Ela sentiu a umidade entre as pernas aumentar a cada passo da língua sobre o mamilo e tinha certeza de que ele poderia fazê-la gozar se a mantivesse assim.

Ele pegou a rosquinha novamente, desta vez espalhando o recheio branco e o chocolate sobre o peito esquerdo em maior número.

O creme cobria quase dois terços do peito, deixando Eric com um meio donut quase oco na mão.

Depois de colocar o donut de volta na bolsa, ela se inclinou sobre o corpo de Anita e meticulosamente expôs seu seio, uma lambida de cada vez.

A garota moveu a mão para o topo da cabeça de Eric e pressionou-a com mais força contra o peito.

Enquanto isso, a mão dele passou do quadril para entre as pernas, acariciando momentaneamente o clitóris enterrado sob uma mecha de cabelo castanho escuro cuidadosamente cortado.

"Oh Jesus", ele disse calmamente. "Isso é tão bom."

Com apenas uma pequena quantidade de creme de baunilha no peito, Eric subiu no sofá, colocando as pernas entre as dele.

Seu pênis estava totalmente ereto agora, apontando para cima em um ângulo agudo.

Ele se inclinou para frente e colocou seu pau no peito coberto de creme, movendo-o de um lado para o outro até que ele tivesse uma pequena camada do recheio branco.

Anita usou a mão para direcionar o pênis para as áreas com mais creme.

Logo, era branco da cabeça rosa até a base.

Anita viu como Eric deslizou para a frente e levou seu pênis aos lábios.

Ansiosamente, ela abriu a boca e aceitou o presente.

O sabor açucarado do creme quase a fez esquecer seu amor pelo sabor de um pau quente e duro.

Sua língua trabalhou todos os lados do membro quando Eric deslizou dentro e fora de sua boca, fazendo-o gemer de prazer.

"Ummmm, Anita. Me chupa, me lambe assim - disse Eric. "Sim, sim. Assim."

A menina levou alguns minutos para tirar o último creme de seu pênis; chupando, lambendo e engolindo o mais rápido que pôde.

Quando acabou, Eric estava mais duro do que tinha estado antes e estava perto do clímax.

"Foda-se, Eric", Anita exclamou em voz alta. "Eu quero você em mim. Por favor."

Quando seu chefe saiu do sofá, Anita abriu as pernas e levantou os joelhos.

Quando ele teve seu pênis na entrada de sua vagina, sua mão estava em uma posição pronta para guiá-lo até ela.

Até ela ficou surpresa com o quão preparada estava para ele.

Assim que a cabeça do pênis inchado encontrou a abertura, Eric conseguiu abaixar-se até que suas coxas se encontraram em um tapinha suave.

"Deus sim. Foda-se - disse Anita.

Eric foi rápido em atender às demandas deles.

Ele a levantou e começou a deslizar seu pau dentro e fora, sentindo-a periodicamente contrair sua vagina.

Anita levantou as pernas e as envolveu delicadamente na cintura de Eric, permitindo que ele a levantasse ainda mais.

Os seios de Anita balançavam ritmicamente.

Ela beliscou seus mamilos ocasionalmente, enviando o que pareciam correntes elétricas diretamente em sua vagina.

Enquanto isso, Eric se reposicionou para que uma mão livre pudesse massagear seu clitóris.

Ele encontrou a protuberância facilmente e esfregou-a.

A cabeça da garota começou a balançar de um lado para o outro e murmurando "Droga. Merda. Sim ali. Lá!"

Eric esfregou com mais força e sentiu seu corpo tenso.

As pernas dela o apertaram com força e ela gritou: "Ahhhh. Oh, Deus. Agora."

Seu orgasmo começou com outro gemido abafado e seus quadris se ergueram para encontrá-la.

Por pelo menos trinta segundos, Eric a penetrou uma e outra vez, enquanto ela gemia e gritava para ele transar com ela.

Eric queria que a sensação de sua boceta apertada em torno de seu pênis e seu corpo se contorcendo sob ele durasse para sempre.

Ele se agarrou ao seu traseiro enquanto ela lentamente começou a se acomodar no sofá.

Agora capaz de se concentrar em seu próprio corpo, Eric sentiu a primeira onda de esperma subir de suas bolas.

Anita sentiu o orgasmo se aproximando dele e pediu que ele continuasse.

"É isso. Vamos. Entre na minha boceta."

O pênis de Eric explodiu em uma inundação de esperma que Anita sentiu enchendo seu interior.

O fluido quente disparou em vários jatos, cada um acompanhado por um gemido alto.

Eric agarrou Anita pelos ombros e pressionou o corpo dela contra o dele.

Quando ela estava prestes a terminar e ficou parada com o pau dele profundamente dentro dela, Anita apertou sua boceta com força.

"Ahhh, caramba. Pare - Eric murmurou, quase sem fôlego e meio rindo.

Ele se sacudiu pela última vez e caiu dela, mole e totalmente drenado.

Ele estava nos braços dela, a cabeça no peito dela e as pernas ainda enroladas na cintura dela.

"Tudo o que você precisa fazer é pedir quando quiser", Eric disse suavemente, seu dedo traçando o contorno do mamilo.

"Eu estava com fome hoje", disse ela.

FIM

SITUAÇÃO INESPERADA
ERIKA SANDERS

45

Capítulo I

"Estarei esperando você no quarto, coloque algo revelador", dissera John.

Eles o tratavam como comida para viagem, Gina pensou quando a ligação terminou.

E foi assim que ela se sentiu agora, ao aplicar a maquiagem no espelho de maquilhagem: olhos sombreados, lábios vermelhos em forma de coração e maquiagem suficiente no rosto para não fazê-la parecer uma figura de museu de cera.

Mais alguma coisa que você queira, querida?

Satisfeita com o trabalho, ela andou descalça pelo tapete do quarto, vestida apenas com sutiã e calcinha e abriu o armário.

De uma prateleira acima de onde estavam suas roupas, ela pegou uma pequena caixa de dinheiro e a levou para a cama.

Quando ela abriu, muitas notas de dez e vinte caíram nos lençóis de seda.

Gina contou quatro entre vinte e manteve os outros dentro da caixa.

Ela colocou a caixa de volta no armário, guardou o dinheiro na bolsa e começou a se vestir.

John morava do outro lado da cidade em uma luxuosa moradia de cinco quartos perto do canal.

Ele levaria dez minutos para dirigir até lá, dependendo do trânsito da tarde.

Ele era um cliente relativamente novo que ele servira seis vezes até agora.

Ela odiava isso.

Ele era arrogante, rude e completamente pervertido.

Ele era descendente de italianos: cor de pele verde-oliva, nariz grande e cabelos pretos grossos por todo o lado.

John adorava comer e Gina achou que ele parecia uma mistura entre um gangster dos anos 40 e um porco com barriga de porco.

Ele se gabara de seus laços com o submundo do crime, mas Gina não tinha certeza de quanto do que ele dizia era verdade.

Ela pensou que ele estava apenas tentando impressioná-la.

Ela não conseguia entender por que os homens pensavam que isso era atraente para as meninas.

Gina odiava a violência e desligou um filme ao primeiro sinal de sangue ou violência.

Mas John estava definitivamente em algum tipo de negócio não confiável.

Ela tinha visto armas em sua casa.

Ela ouvira telefonemas acalorados durante o relacionamento sexual que John se recusava a ignorar.

Falando sobre dinheiro e drogas.

Ela encontrou homens odiosos como John: gananciosos, egoístas, desonestos e corruptos.

No entanto, ela precisava muito do dinheiro.

A vida de Gina estava cheia de dívidas.

Um curso universitário de ciências humanas, o mini Fiat, que levava a sua função de secretária todos os dias, comprando roupas, férias em Ibiza e um empréstimo que ela havia contratado para mobiliar seu apartamento.

Ela estava nadando em dívida, mas as empresas de empréstimo nunca a negaram.

E foi por isso que ela trabalhava como acompanhante particular no último ano.

Privado era a palavra-chave.

Ela não tinha publicidade on-line, com muito medo de que sua família ou amigos descobrissem seu segredo sórdido.

Caso contrário, ela confiava no boca a boca e em seus frequentadores, caras como John.

O primeiro homem que a pagou para fazer sexo com ela foi nomeado Peter.

Ela o conheceu em um site de namoro após seu rompimento com Adams, mas soube instantaneamente que não era para ela.

Não era o fato de ele estar na casa dos quarenta e quinze anos mais velho que ela.

Na verdade, essa foi a razão pela qual ela o conheceu, pensando que um homem mais velho poderia dar a ele o que Adams, um garoto de 24 anos, não poderia.

Compromisso, segurança, novas experiências sexuais, talvez.

Ela simplesmente não sentia conexão com Peter, e sabia disso uma hora depois do primeiro encontro, jantar para dois em um restaurante indiano na parte mais agradável da cidade.

Ela se despediu e agradeceu por uma refeição deliciosa, pensando que seria a última vez que o veria.

Mas Peter estava mais interessado nela do que ele pensava inicialmente.

Ele entrou em contato com ela dois dias depois com uma oferta de pagar por sexo.

Gina ficou surpresa a princípio, até ofendida.

Com seu bronzeado profundo, cabelos loiros tingidos e propensão a revelar roupas, ela sabia que causava uma certa impressão atraente.

Mas isso não a tornaria uma raposa, ou alguém que abriria as pernas ao primeiro sinal de problemas financeiros.

Ela certamente conheceu garotas que o fariam.

Mas Peter parecia ser um cara tão legal, e quanto mais Gina pensava em sua dívida, ela começou a se perguntar que mal havia em aceitar a oferta. Haveria um benefício mútuo.

Peter a possuiria e ela receberia o dinheiro que precisava desesperadamente.

Se ninguém se machuca, qual foi o problema?

Gina era ingênua, no entanto.

Ela nunca imaginou o quão viciante o sexo pago poderia ser, nem o quão miserável e barato isso a faria se sentir.

Para piorar as coisas, Peter não era o cavalheiro que ela pensara que ele fosse.

Logo se espalhou a notícia de que ela era boa em seus serviços e isso só poderia ter acontecido porque ele a espalhou diretamente.

Ofertas de todos os tipos, através do site de namoro em que ela conheceu Peter, encheram sua caixa de correio.

Ele não podia acreditar em quantos homens mais velhos estavam procurando mulheres mais jovens para fazer sexo e quantos estavam dispostos a pagar por isso.

Foi muito lucrativo para ela e ela logo aprendeu que poderia ganhar mais dinheiro se quisesse aumentar um pouco mais seus limites.

Os homens pagavam mais por coisas como anal, dominação, chuva de ouro e vários tipos de role-playing games.

Gina havia investido em uniformes de colegial, lingerie sexy e chicotes. Ela comeu tudo o que lhe foi sugerido, colocou todos os tipos de objetos dentro dela e até fingiu amamentar um homem de cinquenta anos usando uma fralda.

É claro que John, com seu dinheiro, desfrutara de todos os serviços disponíveis.

De prostitutas de alta classe a estrelas porno e até modelos de página três.

Era uma obsessão que beira o vício.

Parecia que todas as meninas jovens e bonitas estavam dispostas a vender seus atributos enquanto ainda os desejavam.

Foi trágico.

Portanto, não foi uma surpresa que, depois de saber de um amigo, John contatou Gina.

E hoje seria a quinta vez que eles estariam juntos.

Gina olhou o relógio e arrumou as roupas no espelho do corredor. Tudo terminará em um ano, menina, ela lembrou a si mesma.

'Você consegue.'
Então ele pegou suas chaves e saiu pela porta.

Capítulo II

Dez minutos depois, ele parou na Midesting Road.

Passava pouco das dez e meia e uma festa na piscina de uma das outras casas estava a todo vapor.

Ele atravessou os portões de ferro forjado da casa de John e estacionou o Fiat na estrada.

O luar brilhava no teto do Mercedes prateado de John quando ele ouviu o som de seus calcanhares rangendo através do cascalho e ele caminhou para o lado da casa.

John havia dito para ele entrar pela entrada dos fundos.

Hoje à noite eles vão jogar um role-playing game.

Ele estará deitado na cama e ela entrará, como um ladrão, e o surpreenderá.

John adorava misturar as coisas.

Ela nunca havia conhecido um homem tão sexualmente imaginativo.

Ele parou no meio da lateral da casa e olhou para cima e para baixo no beco.

Ela tinha certeza de que ninguém a veria lá, mas ela queria ter certeza, apenas por precaução.

Ela puxou a calcinha para baixo, deslizando-a pelos calcanhares, depois ajustou a saia.

Ela enfiou a calcinha na bolsa.

Renda vermelha, a favorita de John.

Então ela tropeçou nos calcanhares pelo caminho e abriu a porta do quintal.

Uma lixeira de metal tocou quando ele a chutou acidentalmente com a ponta do salto afiado.

'Estúpido!' Ela se repreendeu.

A luz da cozinha estava acesa e a porta do pátio estava aberta.

John deve ter deixado aberto para ela.

Gina afastou os cabelos, continuou sua caminhada sensual e entrou na casa.

Ele sentiu o cheiro de queimação quando entrou na cozinha e fechou a porta.

Provavelmente era um dos charutos que John gostava de fumar.

Ele era um gangster que fumava.

A casa estava silenciosa.

John deve estar esperando por ela na cama, como ele havia dito.

Gina atravessou a sala de jantar muito cuidadosamente mobilada, todos os móveis modernos e madeira em um tom vermelho escuro, e saiu para o corredor.

Ela olhou para a escada em espiral.

"John", ele disse ironicamente. "Você está pronto ou não?"

Seus calcanhares batiam nos degraus polidos enquanto ela subia as escadas.

Quando ele entrou no corredor, viu a porta do quarto de John aberta.

A luz estava acesa, mas ainda não fazia barulho.

Então ele ouviu um rangido.

'John?'

O desgraçado provavelmente estava sentado em seu trono no banheiro privativo.

Gina alisou os cabelos, abaixou o decote e entrou na sala.

Tudo parecia parar naquele momento.

O corpo inteiro de Gina congelou.

Deitado na cama, completamente nu e olhando para o teto, estava John, com uma poça de sangue encharcando os lençóis ao redor dele e sua garganta cortada.

Gina gritou.

Uma figura sombria saiu de trás da porta e a agarrou, passando um braço em volta do pescoço e colocando a mão sobre a boca.

"Não faça barulho ou eu também cortarei o seu", disse ele.

Gina sentiu a ponta afiada e fria de uma faca em volta do pescoço.

'Quem é?' ela gemeu.

"Alguém com quem você não gostaria de se meter"

O homem apertou seu pescoço com o antebraço musculoso.

'O que você está fazendo aqui?'

'Vim ver o John'.

'Para que? "

"Ele me pediu para fazer isso."

'Por quê?' o homem exigiu.

"Só para ver."

Ele esmagou a traquéia de Gina com o braço, fazendo-a engasgar.

'Por quê?' grito.

'Fazer sexo', Gina conseguiu balbuciar.

Ela começou a tossir quando o homem aliviou a pressão em volta do pescoço.

'Você é uma prostituta? ' ele disse.

'Não!'

'Então que?'

'Uma escolta'.

"É o mesmo", disse o homem.

Gina não disse nada, com muito medo de que o homem pudesse quebrar seu pescoço ou esfaqueá-la se ela o contradisse.

"Parece que temos um problema", disse ele.

Ele se virou para o corpo sem vida de John, segurando Gina firmemente entre o braço e o peito.

Gina sentiu que ficaria doente por ver tanto sangue.

"Agora você é testemunha de um assassinato."

Por favor, Gina implorou.

Não vou contar a ninguém. Apenas me deixe ir. '

Capítulo III

Uma risada sinistra veio do homem.

"Certamente você entende que não será tão fácil assim."

O medo passou pelo corpo de Gina.

Ela sentiu a urina quente começar a escorrer por dentro das pernas.

Ela não queria morrer esta noite.

O homem agarrou o braço dela com a mão enluvada de couro e a levou ao banheiro.

Ele fechou a porta atrás deles e virou-se para olhá-la.

Gina voltou para um canto quando viu o rosto dele.

Ela não esperava que fosse um dos rostos mais bonitos que já vira, mas era a cicatriz profunda escorrendo por um lado de sua bochecha que mais a surpreendeu.

E seu corpo parecia feito para matar, com ombros campeões de boxe e isso poderia quebrar um pescoço ao meio.

Ele era um monstro.

Ele a olhou de cima a baixo com duros olhos azuis.

"Quem sabe você está aqui?"

'Ninguém! Por favor, você pode me deixar ir e fugir. Garanto-lhe que não direi à polícia.

Ele se aproximou dela em um ritmo lento e predatório.

É tarde demais para isso. Você já viu meu rosto.

'Eu prometo que não vou contar. Por favor, nem você nem John me preocupam, eu só quero ir para casa. Eu não quero morrer. "Gina começou a chorar.

O homem colocou a mão enluvada no ombro nu e chegou ameaçadoramente perto do rosto dela.

Gina sentiu o ar quente do nariz roçar suas bochechas.

"Agora, agora, agora", ele ronronou. "Por que estragar esse lindo rosto?"

Ele passou um dedo longo pela bochecha manchada de lágrimas de Gina.

O corpo inteiro de Gina virou gelo quando sentiu o toque dele.

Havia algo extremamente conflitante sobre a atração que ela sentia pelo corpo desse homem e o medo que sentia de estar preso na parede por alguém que sabia que poderia matá-la facilmente.

Ele se aproximou e passou a língua áspera pelo rosto dela, fazendo-a sentir um arrepio percorrer sua pele.

Ela não esperava o que viria a seguir.

A mão enluvada do homem deslizou sob a saia dela, seus longos dedos sondando seus lábios expostos.

"Garota malcriada", disse ele em sua descoberta inesperada.

'Por favor ... oh'

O homem havia tirado a luva e um dedo longo e carnudo estava agora dentro dela.

Ele encontrou o clitóris de Gina suavemente e o massageou, criando um calor que começou a se espalhar dentro dela.

Ele passou a língua pelos contornos firmes do pescoço de Gina ao mesmo tempo.

Gina se virou e viu seu reflexo no espelho acima da pia.

E ele também viu essa fera alta e estranha afundando em seu pescoço como um vampiro, com a lâmina da faca na mão livre brilhando na luz de halogênio como um aviso.

Ela não se atreveu a se mexer por medo de que ele usasse sua ponta afiada contra ela.

O homem se afastou e correu o olhar sobre o corpo dela.

Havia uma profunda excitação neles, como se ele pudesse ver seu corpo nu através da roupa.

Ele tirou a bolsa do ombro dela e a jogou no chão, quando um tubo de batom e calcinha vermelha se derramou sobre os azulejos.

Ele agarrou um de seus seios através do colete apertado e apertou-o gentilmente, depois passou o dedo pelo mamilo enquanto ela endurecia.

Ela era massa de vidraceiro nas mãos dele.

"O que você vai fazer comigo?" Ela perguntou.

"Como estamos sozinhos e temos o lugar pronto apenas para nós, vou lhe dar o que aquele cara ali nunca te deu."

Oh Deus, Gina pensou. Isso não.

Sentindo seu medo, o homem sorriu.

'Não te preocupes. Depois de me experimentar em sua vagina, você ficará feliz por o outro estar morto.

O homem estava certo que eles estavam sozinhos.

Sem vizinhos por perto, qualquer pedido de ajuda produziria resultados mal sucedidos.

Se ... se ela concordasse, ela fizesse o que o homem disse, ela poderia sair de casa viva.

Com todas as outras probabilidades contra ela, que outra opção ela tinha além de jogar o melhor jogo de RPG da sua vida?

Então ele tomou uma decisão.

Ela estava indo para fazer o melhor desempenho de sua vida.

E se falhasse, ela tinha um plano de backup.

"Tire isso", o homem rosnou, acenando com a cabeça em direção ao colete.

Gina fez o que ele disse.

Quando o colete deslizou sobre a cabeça, ela sacudiu os cabelos e o encarou.

"Eu quero que você fique nua também", disse ele.

O homem soltou uma risada zombeteira.

Você não vai me dizer o que fazer. E eu não sou tão estúpido como você parece acreditar. Jogue no chão. Ele acenou com a cabeça em direção à saia de Gina.

Ela desabotoou a saia e largou-a pelas pernas, depois chutou-o com os calcanhares.

Ela estava lá na frente dele, de salto alto e sutiã, e com os lábios vaginais raspados expostos ao ar fresco do banheiro.

Ele ergueu os olhos azuis rodeados de rímel para o olhar penetrante de seu seqüestrador.

"Que doce e lindo", disse ele, respirando pelas narinas. 'Inversão de marcha.'

Gina se virou e olhou para a parede de azulejos.

Através do reflexo do espelho, ela viu o homem se inclinar e acariciar sua virilha enquanto ele estudava sua bunda.

O grande caroço que ele viu saindo de suas calças o deixou saber que estava bem dotado.

Ele a fez se inclinar para frente, agarrou seus quadris e trouxe sua virilha na direção dela.

O caroço duro e gordo pressionava agora contra a fenda de suas nádegas.

Sua mão nua tocou sua bunda e ele a empurrou para frente, a faca ainda firmemente presa na outra.

Gina o observou enquanto o colocava no balcão perto da pia e começou a desabotoar suas calças.

Ela olhou para a faca, lutando contra o desejo de agarrá-la.

Mas ela sabia que não podia ser tão estúpida; com seu tamanho, o homem dominaria seu corpinho de um metro e meio em segundos. Ainda assim, foi tentador ... muito tentador.

Sua calça preta caiu no chão, revelando um par de boxers, também pretos, sobre enormes coxas musculosas.

Sua ereção subiu até a barra, inchada e enorme.

Gina engoliu o suspiro que quase escapou de sua boca.

Como ele conseguiu entender tudo isso?

O grande galo estava esticado contra o tecido apertado de sua bermuda, ansioso para sair.

Quando o homem os puxou, a grande cabeça roxa caiu nas bochechas de Gina.

O membro grosso e muito veemente tinha pelo menos dez centímetros de comprimento.

O assassino era um Adonis sexual.

Ele agarrou seu quadril com a mão ainda enluvada e pegou seu pênis com o outro, guiando-a até os lábios vaginais de Gina.

Quando ela sentiu o pau quente e macio entre os lábios, Gina ofegou.

E quando ele empurrou para dentro, seus joelhos quase dobraram.

O pênis entrou em uma profundidade arrojada, pulsando de excitação dentro de sua vagina quente e molhada.

Chegou a uma área dentro de Gina que nunca havia sido penetrada antes, e seu clitóris traiçoeiro começou a bombear de excitação, a umidade se acumulando em seus lábios e paredes para acomodar esta emocionante chegada nova.

O homem começou a empurrar, seus quadris fortes foram capazes de forçar a dureza das paredes internas de Gina com uma velocidade extraordinária.

Pareceu incrível.

Ela agarrou a borda do balcão da pia enquanto ele continuava a penetrar seus lábios vaginais molhados, suas bolas batendo nela.

Ele tirou a outra luva e, com suas surpreendentemente grandes mãos macias, percorreu sua espinha e abriu o sutiã.

Ele caiu no chão de azulejos, liberando seus seios.

Agora ela estava apenas de salto quando o animal enorme a atingiu por trás.

Gina sentiu ele se afastar, sua boceta ficando um instante de alívio momentâneo.

Mas não demorou muito para que seu pênis estivesse dentro dela novamente, mas desta vez em direção a sua bunda.

O enorme pênis do assassino penetrou nas dobras apertadas do ânus de Gina, enviando uma dor aguda em sua direção que a atravessou.

Por um momento, ele pensou que não seria capaz de suportar a dor, músculos cerrados para ejetar esse objeto estranho, mas depois relaxaram quando a dor começou a se transformar em prazer.

Gina já havia recebido sexo anal antes, mas não de um falo tão grande quanto este.

O prazer que a dominava agora não era comparável a nada que ela já sentira antes.

Ela teve que se lembrar de onde estava.

Na casa de John, sendo fodida por um homem que acabara de matá-lo.

O cadáver de John, que já estava com um pouco de frio, jazia a alguns metros de distância na outra sala como uma horrível efígie de seu antigo eu.

Gina sabia que nunca seria capaz de apagar essa imagem de sua memória, não importa o quanto a tivesse desprezado.

E apagaria seu ódio por ele se ele pudesse voltar vivo e ajudá-la agora.

Mas há algo de estranho no que acontece quando você enfrenta uma ameaça de morte e Gina a vivenciou pela primeira vez neste banheiro em que estava agora em cativeiro.

Um instinto toma conta, tão primordial que você não se sente mais como um instinto animal.

E você sabe que fará qualquer coisa para sobreviver.

Capítulo IV

O homem bateu na bunda com estocadas furiosas, saliva saindo de sua boca, seu belo rosto avermelhado e excitado.

Os sons baixos e guturais que ele estava fazendo avisaram Gina que ela estava prestes a gozar.

Ela agarrou a borda do balcão com força.

As pontas de seus dedos ficaram brancas enquanto ele segurava.

'Droga', o homem gemeu.

'Vou correr'.

E ele fez, e um suspiro pesado saiu de sua boca, ele fechou os olhos e inclinou a cabeça para trás ...

E Gina aproveitou a oportunidade.

Ele largou o balcão e pegou a faca.

Com uma varredura brusca e vigorosa do braço, ele a mergulhou no pescoço do agressor.

Ela pulou e pressionou as costas contra a parede, os ladrilhos frios nas costas encharcadas de suor.

De olhos arregalados de medo e preocupação, Gina viu o homem em uma postura estática, engasgando quando seus grandes olhos a encararam.

A faca se projetava de seu pescoço grosso e brilhante e sangue vermelho escuro escorria pelo colarinho de seu casaco preto.

Seu pênis ainda estava ereto, uma trilha brilhante de esperma pendendo da ponta.

Seus olhos atordoados permaneceram presos nos de Gina quando sua boca se abriu e o sangue derramou sobre seu lábio inferior.

Ele conseguiu engolir a palavra 'cadela' antes de cair para trás e bater na porta.

Gina olhou para ele por um momento, seu peito subindo e descendo, antes de soltar uma risada louca. Seu plano funcionou.

Primeira vez. Ela o viu no espelho fechar os olhos enquanto ele ejaculava, por isso ficou encantada com o fato de ele ter facilitado o ataque.

Ela pegou suas roupas e rapidamente se vestiu, desta vez colocando a calcinha de volta.

Ela pegou a bolsa e chutou o atacante com a ponta afiada do calcanhar. Então ela cuspiu no rosto dele.

- Isso é por me chamar de cadela, seu filho da puta!

Ele empurrou o corpo para trás para poder abrir a porta.

A parte de trás do crânio atingiu o tapete com um baque quando ele abriu a porta.

Ela andou na ponta dos pés sobre o corpo ensopado de sangue e entrou no quarto.

Ela olhou para o corpo de John na cama.

Sangue no chão.

Sangue na cama.

Morte onde quer que olhasse.

Foi demais.

Gina saiu correndo da sala e desceu a escada em espiral o mais rápido que os calcanhares podiam carregá-la, com triângulos vermelhos manchando o chão enquanto ela passava.

No fim da escada, ela parou, enxugou as lágrimas e controlou os pensamentos.

Esse estilo de vida arruinou tudo para ela.

Ele a tornara infeliz e cínica com os homens.

Ele havia reorganizado seu moral.

E aquele bastardo gordo e morto era um dos piores com seus modos corruptos e fantasias sórdidas.

Ele era um modelo na sociedade, mas espalhou e infectou tudo o que tocou com seus modos corruptos.

Incluindo ela.

Isso fez dele algo que ela não era.

E agora ele a transformara em assassina.

Ela havia matado em legítima defesa e a merda que jazia em uma poça de seu próprio sangue merecia tudo o que havia acontecido com ela.

Mas ela sabia que nunca esqueceria.

Como ele a maltratou como se ela não passasse de uma prostituta suja, e como seu corpo a traiu ao responder com prazer ao toque de suas mãos sujas e assassinas.

Quantas vidas de outras jovens mulheres esses dois devem ter arruinado?

E quanto essas meninas ainda estavam sofrendo?

Não vou mais sofrer, pensou Gina.

Ele subiu as escadas correndo e entrou no quarto.

A visão dos dois cadáveres a fez vomitar, mas ela engoliu a náusea com um cotovelo e se aproximou da cama.

O rosto de John era uma máscara de horror, a boca negra e aberta como um peixe, os olhos congelados de terror.

Gina desviou o olhar e pegou o bracelete de ouro em torno de seu pulso atarracado.

Havia um medalhão fino e retangular que prendia a corrente.

Ela abriu e leu o número dentro: 47689.

Repetindo o número na cabeça como um mantra, ela fechou o medalhão e enfiou a mão na bolsa.

Ele pegou um lenço e limpou as impressões digitais do medalhão.

Ele deu a John um último olhar desdenhoso antes de se virar e correr escada abaixo.

Ela correu pelo corredor até chegar ao escritório de John e abrir a porta.

Ele examinou a sala até que seus olhos caíram no que ele havia buscado.

O cofre de John.

Ele se gabara de seu conteúdo em uma das visitas de Gina e ela exigira saber o que havia dentro.

"Jóias finas", ele dissera com um sorriso arrogante.

"Vale mais do que esta casa inteira."

Então ele bateu a corrente no pulso dela e levou o dedo aos lábios. "Shh".

Gina caminhou até o cofre na parede e discou a combinação.

O cofre clicou, indicando que poderia ser aberto.

Ela abriu a porta de aço e olhou para dentro.

No topo de uma pilha de envelopes marrons, havia uma caixa de jóias aveludada e vermelha.

Gina sentiu um nó no estômago.

Ela a abriu para encontrar o colar de diamantes mais incrível que já tinha visto, com suas pedras lindamente trabalhadas brilhando com efeito cinematográfico.

"Vale mais do que esta casa inteira", ela sussurrou para si mesma.

O suficiente para pagar todas as suas dívidas e muito mais.

Com o coração batendo dentro do peito, ela fechou a tampa e colocou a caixa de joias dentro da bolsa.

Então ela fechou o cofre e esfregou o lenço sobre os possíveis traços.

Ela correu para fora do escritório e seguiu pelo corredor até a porta da frente, verificando se seus saltos não deixavam nenhuma marca incriminadora em suas placas brilhantes.

Não é teu.

Ela abriu a porta da casa.

O ar fresco e macio atingiu suas bochechas quando ela entrou na noite e o fardo da presença na casa escorregou instantaneamente de seus ombros.

Por fim, livre, ela correu pela entrada de cascalho e pulou no carro, jogando a bolsa no banco do passageiro.

Ela deixou cair a cabeça no volante e soltou um grito profundo e gutural.

Exausta e exausta, ela enfiou a mão dentro da bolsa e pegou o telefone.

Ela discou 911.

"Polícia, por favor, acabei de matar um homem."

FIM